駿河先賢詠歌集

桜井　仁　編

目次

凡例

一、静岡県立中央図書館が所蔵する駿河叢書第一編『郷土先賢遺詠集』（志豆波多会編・昭和八年四月一日発行）を底本とし、「富士乃滴集」「賎機集」「残夢集」の三歌集を収めた。併せて、駿河叢書第七編（賎機叢書第一編）『駿河古学小史』（築地元太郎著・昭和二十九年十月二十日発行）の中から、「浅間社中歌会稿」全百首を収めた。この歌会は一七九〇～一八〇〇年頃、五人の歌人が集まって静岡浅間神社で行われたものと推測される。

一、底本は謄写印刷であるため、原本の誤記か、筆耕者の誤記か、判然としない所があるが、最終的には編者の判断により、本文を確定した。

一、表記は原則として新漢字・旧仮名づかいとしたが、旧仮名づかいの誤りは、これを正した。

一、踊字は仮名に改めた。漢字を仮名に、仮名を漢字に改めた部分もある。

一、濁点を適宜補い、読みやすくした。脱字を補った部分もある。

富士乃滴集

（静岡　故北村三郎氏蔵）

風前落葉

賤の女がうつ衣手のおとさえてきし吹く風も朽葉色なる

菅雄

のどかなる春をまち得て此宿の老木の松も色やそふらん

春近

春立ていくかもあらぬをいもがおるしづはた山にかすみたなびく

有年

落葉

嵐ふく庭の墻ねの隈ごとに紅葉ちりつつかつ積りつつ

久麿

みちのくの種より生し庭の松の千年は宿にかぞへしるらむ

道輔

社頭杉

幾とせをふるの神垣かみうちて松間にのこる有明の月

明晃

一月一日

何事のうれしともなくゑまるるは年まちえたるあしたなりけり

秋香

賎機山を詠る冬の歌

吹おろすしづはた山の木枯のけさは冬さへ誘ひ来にけむ

元則

遠つあふみ川はおほけり万代に君がすむべきぬめり川かも

物外

ちとせふる松に習うて面影もかはらぬ老の春と友の婦

貞実

市中春雨　　猶秀

賤機のしづけき春の雨しめていもがりとはん阿部の市路に

若菜　　玉暎

雪きえぬ荻の焼はら風冴えてまだ下もえぬ若菜をぞつむ

早梅　　竹齋

うづもれし雪の梢にうぐひすの来なくところや梅の初花

月夜友　　定興

ぬるるをもをしみてぞ見る月無くてこころくもらぬともしなければ

夜鹿　　すま女

山里の友とはなりて夜な夜なのあはれをそふる小男鹿のこゑ

賤機集

（静岡　故築地元太郎氏蔵）

田蛙

夕ぐれは春もさびしき小山田のこなたかなたに蛙なくこゑ

道春

歳欲暮

いつもおらん心ならひやしりぬらんとまらで年のくれて行なる

為満

山家鳥

山高くすむかひありてみやこにはしられぬ鳥の声もこそきけ

昌樹

夜をさむみ月のかつらにをく霜もこほるか影のさしまさりゆく

興龍

秋水

むすぶ手のひやかなるにも山水の秋のふかさぞくみてしらるる

慎民

道輔

最中より照こそまされ長月のかつらのもみぢ色やそひけむ

忠実

すぎ行は霞へだつる梅がえに心ぞかよふ袖のうつり香

謹節

そで濡てせけど帰らで流れ行く野沢の水のあはれ世の中

繁樹

須磨あかしかよふ夜舟を恨みてやあはぢしまねに千鳥なくらむ

初春鶯

繁胤

朝日影匂ふ木の間にうぐひすのこゑものどけき宿の初春

春躬

山陰は散りそめずして色はこくめかれもやらぬ秋のもみぢ葉

浦鶴　春近

和哥の浦やみぎはの波の立なれて鳴くあし田鶴の声の寛けさ

暮村烟　玉暎

峯高みゆふなる雲につづくまで烟たてそふやまもとの里

月前聞鐘　寛山

更るをも月にわすれて起居つつねぬにおどろく暁のかね

冬祝　志賀

ふる雪におのがつばさは白鶴の千歳かさぬるころもなるらん

須磨

あふひ草かざしの露の白玉もその神山の光とぞ見る

恨不言恋　念阿

さよ衣きてとふ時はうらみをも又かさねてぞいひもいださず

貞良

朝日影さしそふ春の松が枝にみどりは千代の色をふくめり

砌下松　有鄰

十かへりの後ならでまつ言の葉の花咲きそむる庭の松がえ

雲間帰雁　徳馨

帰る雁よふくるかすみのきぬぎぬになごりものうき横雲の空

松菴

草まくらしげく水鶏やたたくらんむすぶゆめさへさめがゐの里

千之

契り置言の葉のみをたのむ哉うきかぎりなる今朝の別路

竹契迎年

久麿

呉竹の心のままに今日のひは年の緒ながく世をたのむらん

純恵

関路をば杖もつかれて越えしよりと母におくるる足柄の山

惜落花

直樹

舞花にまちしこころはわすられてさかぬむかしぞ今はこひしき

月前聞鹿　　直里

詠みわびて月にもたへぬる衣手のいとどぬれそふさをしかの声

春獣　　真船

ちりかかる花をも霜と棹鹿の春の夢野の世を歎くらん

五月雨晴　　昌芳

さみだれのふりし日数をおもふにもはれての後の心なりけり

春景　　昌加寿

としふりし身も若がへる心地してみるも長閑し野べの若草

野蛍　　清臣

夕さればの沢の水に飛蛍おのが影をやともと見つらん

松樹縁久

高孝

幾世経むためしなるべし春毎にみどり色ます庭のまつがえ

道雄

暑き日のたのしみはただ水をのみひぢを曲しる松の下伏

女

直古

手弱女の蚕の眉に世の人のこひごろも織る色やいづらむ

名所花

弘道

咲花のたねも此世のものならじあもりつきにし天の香久山

歌雄

うつくしう明行空の富士が嶺はたたむ扇子をひらくかとみる

若君の髪置祝ひ奉賀して

駒彦

めでたさは千代も八千代も栄けり松の緑子はぶりよろしき

千代彦

めざましき香さへ味さへ其名さへ高くかをれるふじのあけぼの

市商客

信節

市人は朝な夕なに立さわぎゆたかなる世の恵をぞうる

庭春雨

貞實

つれづれにふるものどけき春雨に庭のしばふも色付にけり

名所山

信受尼

このくにに来しかひあれや間近くも朝夕むかふ雪のふじがね

菊　　正明

おく霜にいづれとわかぬ白菊を手折るたもとぞ香に匂ひける

秋津麿

峯高みいつか越べき老の坂なほはかどらぬ道と思へば

春月　　貞寧

面影ぞ霞て替る鐘山昔ながらに月はすめども

十五夜の月曇りけるを　　貞幹

夜もすがら待も甲斐なしはれがたきこよひの月を雲にへだてて

遍照　　宗信

墨染にさきねとおもふ真心は千代まで匂ふ花山の君

窪田氏をとぶらひしを今考ふれば安永の八とせの
秋なるを思ひ今年天保の九とせ秋の末にて誠に
いみじき昔になりぬるを思ひ出てよめる　道古
黄葉せぬみぎりの木々ぞありにける昔しのびし屋戸のあきかぜ

江雨鷺飛　寛
三保の浦や入江の波の立騒ぎねぐらにまよふ雨の群鷺

五月雨晴　和雄
五月雨のいましも晴てにほふ日にくるる山の端遠ざかるなり

暮秋神祇　道
ぬさしろの綾としまがふ紅葉ばをあやにかしこき神にささげむ

祝　元温

常とはにいやさかはえむ姫小松緑の色は万代までも

述懐　菅雄

住わびぬ今はみやこをうしろみのむぐらおぼゆる宿もとめてむ

月秋に梅の花ををる　物外

をりとりて宿にかへらば梅の花にほへる月のかげやわかれむ

池上月　春雄

すむ月のさやけき秋は池水もながるとなしに心ゆくらむ

浦雪　豊里

打よする浪もしづけし白妙につもりの浦の雪の夕ぐれ

菊

いろいろに咲るまがきのきくの花秋の夕はいづちいにけん

直秀

月下小集

おもふどちいざもろともにあすの夜のつゆとおきゐてつきのあそびせむ

有年

短夜

うたたねの夢うつつとも夏の夜は端居なりとぞあかしはてぬる

有実

花のうたの中に

黄金にも玉にもかへむさくら花ちらぬ日かずをうるいちもがな

為寶

おしなべてかすまぬ方もなかりけり春日の野辺に若菜摘まし

邦昌

紅葉

遠近のいろをも見んと思へどもやどの紅葉ぞほ《（か）》たみなりける

元則

余寒

若竹ももえ出れども風さむみ野中のしみづぬるむ日もなし

建胤

郭公遍

ほととぎす空はあやめも夏の夜のやみもたどりてここらなくらん

信興

月

大空にひとつの月を秋の夜にいく千の人のあはれとやみる

興寿

憂事は旅のならひとおもへどもしぐるる頃はわきて侘しき

弓末

月　　尊賢

おもふより外なるものは今宵かな月は心のくまも照さむ

山家雪　　豫翁

あさまだきあさる小鳥の声すなりゆきふりつもる山のいほりに

庸正

誰ためにうつし植けむ菊の花千代のかざしとなるてふものを

夕落花　　弼直

夕づく日かへる家路もちる花に心みだれてわすられにけり

水辺落葉　　正敦

冬来れば野末の沢の水枯れて流れもあへぬ木の葉なるかな

月前落葉　　　　　　昌郷

雲間より風のまにまにもれ出て落葉にさゆる庭の月影

関路時雨　　　　　　定得

足柄や関の紅葉の色ふかし今日のしぐれに明日はちるらむ

関路時雨　　　　　　玄昱

村時雨ありありおきて白川の関路にしげく降かよふらん

夏菊　　　　　　安親

月なくは夏としながら花見れば秋かとぞ思ふ園の白菊

連夜見月　　　　　　正方

秋来ぬとみそめし月の夕よりあり明ちかくなるるよの影

市中雪　　繁彰

こがらしの森の木の葉はちり果ててあべの市路につもるしらゆき

十五夜　　道紀

秋萩の下葉色づくあはれさへもらさず見ゆる長月の影

塩屋烟　　清雄

風早の三保の浦わに打ちなびく烟や廻るかすみなるらむ

父のみまかり玉ひていく日もあらず又兄の身まかりしに　　清風

かずかずにかかるはかなきよの中のうつつを夢になすよしもがな

早苗　　昌枝

ふじの峯の雪かきわくる心ちして田子の浦田に早苗とるなり

籬朝顔

季元

はかなくも夕をまたでしぼむ哉つゆのまがきのあさがほの花

閑庭萩

廣伴

世の人にとはれんとても植ざりし庭のはぎはら今かちりなむ

御題　田家烟

秋香

うちなびく民のかまどのけむりよりみづほの国ぞかすみそめたる

あるとき

宜和

もち鳥をよそにやは見むおのが身もとすればかかる世にしすまへば

花

春久

いざけふは山路めぐらむよしもがなこずゑあまたに花のさければ

雨中花　弘夫

咲きにほふ花の雲よりふるあめとおもへばうれしかげにぬるるも

閑居柳　真寿

春風の柳の糸をくる人もよのちりたてぬ庵ぞのどけき

竹　竹齋

かはり行うき世の風のふく方へなびくをさがの園のくれ竹

名所松　昌考

名も高き三保の浦わに年をへていく代重ぬる羽衣の松

徳川のみ子達の始て京にものし給へる馬の儘に　孝章

このたびを道の学の初にてふみ分いらせ代々の古事

鷹峰

おも影にたちて恋しきふるさとの山をへだてしあとのしら雪

友　　清富

おもふこと打かたらひて友垣のへだてぬなかはたのしかりけり

梅花久芳　　侗

雪の中かすみのおくもすがすがとかをれる梅の盛久しき

幸逢太平代　　菅麿

矢さけびのこゑせぬ御代にうまれあひてこのめるわざをなすがうれしさ

宇井ゆう子を弔ふ　　重古

ほととぎすしでの山路を啼ていれば今日ゆく人にみちをしへてよ

たね

山をぬくちからはつきていもとせのつきぬなげきをうたふかなしさ

関路雪　　たつ

雨ならばいかにかもらん白雪のふりうづみたる不破の関山

暁鶯　　親芳

山まとはほた呉竹の越しめてあり明の月にうぐひすの鳴く

松契多年　　昌明

花紅葉咲ばちるよに幾千代もみどりかはらぬ和哥の浦松

落梅　　正武

さしむかひなしてちりゆく梅の香を袖にしめてむ春のかたみに

将相

君またで年かふれども消せぬはあつめし雪の光なりけり

行路春雨　　花野

霞をもつゆけきものと分る間につゆこそ見ゆれ野路のささ原

尋余花　　五門

そことなく残る桜を尋ねむとしらぬ山路に栞してけり

親保

更にけりのきにかけたる玉すだれおくゆかしくも物語して

残夢集

（静岡　故築地元太郎氏蔵）

風前時雨　　治憲

ゆく雲にさそひさそはれ嵐ふく外山の時雨ふりみふらずみ

池月　　慈渓

ふけゆけばいとどさ山の池水にいく秋もすめ夜半の月影

尋敬

神もさぞめでてみ垣の白雪のゆふしでかけてにほふ梅の香

七夕草　　忠侃

今宵ぞと花も紐とけほし合のにはに手向の秋のなな草

暮秋月　　正行

もとゆひの霜も置かと手枕の月に驚く秋のくれかた

月堂

いまはとて残る色香もなかりけりわが世さりゆく霜の白ぎく

安行

木の芽さへ駿河のふじの曙は大宮人の名付しぞこれ

正瑞

前あしへうしろ足つめしろ駒のつちふみかためいはふこの宿

寄星恋　正旭

ゆふづつのかゆきかくゆきすみどこそかはる心ぞ空たのめなる

明皇製曲　公綽

秋風のうたのしるしや見はてけんこの葉とちりし西の御幸に

月前虫　　　正望

あきらけき月の光に手折来し千草がもとに虫のなくなり

　　　　　　世尋

わすれては名におふ夜かと思ふかなまどかにすめるなが月の影

大石良雄はじめのことをしるしたる書を見て　忠寛

泣くよりも笑ひながらにしのびしはくるしかりけむ山科の里

禁中花　　　貞清

大内山霞こめたり百敷のみはしの桜今か咲らん

冬野　　　　安清

唐錦機おる虫の音もたえて野辺は朽葉の色となりにき

綱義

善悪は向ふにあらむわれにありかたち曲らばかげも曲らむ

吐月峯をよめる歌の中に

ひろし

いくわか葉みどりそひつつ寺の谷七もとしげる園のくれ竹

愚庵

心あらばあだには咲きそ桜花雨風しげきこのごろの空

故郷春月

そのみ

ふるさとは秋こそまされおぼろ夜の月や昔の春の面影

神は即残や示しのべる霊なり此工場も亦如斯祝して

酒仙

末ながくのべさかえゆく工場は神の仕業と思ひけるかな

新年松　董丘

おほみことかかる松こそさちなるやことしはみどり早く立らむ

半山

春の野の若菜は袖につみつれどつつむよしなきうぐひすのこゑ

差出の磯にて川千鳥の鳴をききて　笑

思ひ出のふかき差出の川千鳥今をちよちよ鳴ぞうれしき

維裕

いつはりのありとききつる世の中は吾につれなき人ぞうれしき

浅間社中歌会稿

五月ついたちの日例の人々つどひてとみによめる百首の歌

立春　真船

鴬の来鳴けふこそ百千鳥さへづる春のはじめなるらめ

子日　三保満

子の日すと大宮人は紫もあけもみとりの袖かとぞみる

霞　春枝

わだの原春は霞の立かへてそれとも見えぬ浪のしづけさ

鴬　春枝

鴬も去年の古巣へあらためて春のしらべに成ぞのどけき

若菜　同人

野べの雪沢べの氷いつしかもはやく消てな若菜つむべく

残雪　同人

春風にとけゆく雪のひまごとに松の緑もあらはれにけり

梅　真船

よるは月ひるは雪かとまがへどもかをるにしるし園の梅が枝

柳　同人

春雨の日をへて降れば青柳の糸の緑も色まさりつつ

早蕨　三保満

帰るさの家つとならし岡のへの道の行手にもゆるさわらび

桜　　　　真船

思ふどち峯へふもとへ下りのぼり見れどもあかぬ花のさかりか

春雨　　　　直樹

いつしかと花をぞ思ふ日ならべてふる春雨のはれぬながめに

春駒　　　　真船

春くれば草はむ駒の打むれてとふあし高の山のよろしき

帰雁　　　　直里

越の空や雲井はるかに声すなり雁はとこ世へ今帰るらん

喚子鳥　　　　春枝

つとならばなかずやはあらぬ呼子鳥わが思ふ子をよひも来ならに

苗代

三保満

小山田のを止みもやらぬ春雨にまきしゆたねもくちやしなまし

菫

春枝

いざゆきて妹とならびの岡のへにともにすみれの草やつみてん

杜若

三保満

春深き水草か中のこもりぬに花はかくれぬかきつばたかな

藤

同人

打なびく藤のかつらのつらつらに見れどもあかぬ花の色かも

款冬

直樹

水きよみ影さへ匂ふ山吹を吹なとばしそ井手の川風

三月冬

一とせののどけき時の春をけふ別ると思へば物ぞ悲しき　春枝

更衣

白妙に春の衣をぬぎかへて中々花の色とこそみれ　三保満

卯花

月夜には影にまがひて卯の花の香は闇にこそさかりなりけれ　同人

葵

これやこのその神山のあふひ草八十氏人のかつらなりけり　真船

霍公鳥

よそにのみきけばくるしもほととぎす庭の木ぬれにやとりしめてなけ　三保満

菖蒲　　直樹

香をとめて人かはやひかんしげりあふまこもにまじる池のあやめは

早苗　　直里

ほととぎす鳴て去りたるあし引の山田のおもにさなへとるころ

照射　　春枝

み山べはさつをの伴かともす火にさ月が闇もあやなかりけり

五月雨　　真船

ふりふらみ時はあれども天雲の絶間ぞ見えぬさみだれの空

橘　　直樹

さしてだにいにしへしのぶ老らくの枕にかをる軒のたちばな

蛍　　真船

池水の底さへてりて飛蛍ふかきおもひのあればなるらむ

蚊遣火　　三保満

宿からはたけるかやりもよそよりはわきておもひにもえまさるらん

蓮　　直樹

蓮葉の玉とあざむく白露に空ゆく月の影にそへつつ

氷室　　春枝

夏かけてきえぬためしの氷室山てる日のひまはあらじと思ふに

泉　　真船

あし引の片山かげの木の下に岩もる清水むすぶすずしさ

荒和祓　直里

みそぎする河瀬の浪のたち《（さえ）》かへるたもとすずしも小夜更ぬらし

立秋　春枝

つゆならで風しも袖をうるほすはいかにものおもふ秋のきぬらん

七夕　三保満

はつ秋のけふはいかなるけふなればけふのしきりの星のあふらん

萩　同人

ふるさとのもとあらの小萩今もなほもとの色香に花は咲けり

女郎花　直里

白露を玉とかざしてをみなへしよそほひたてる花のすがたは

薄

吹うちになびくをみればむらすすき秋もほに出る風の音かな

直里

苅萱

をみなへしうしとみつつやかるかやの思みだれて露けかるらん

直樹

蘭

藤ばかまにほへる野べは鳴虫のこゑさへあやにきこえぬるかな

春枝

荻

物思はで寝なましものを荻の葉に吹しく風のおどろかしつつ

直樹

鷹

春雨につばさしほれていにし鷹秋風寒く今はなきつつ

真船

鹿
三保満

小鹿なく秋の山べのもみぢ葉の色に出てや妻をこふらん

露
春枝

むすぶだにことはなかみか白露のやどる草葉も秋にたへねば

霧
直里

うづらなく野べの夕ぐれ見わたせばたつ秋きりの深草の里

槿
春枝

しら露のひるまはたへしいたづらにあはでこしよの朝がほの花

駒迎
同人

東道の長道あゆみて来し駒の今日あふ坂の関までは来つ

月　　　　　　　　　　　　　直樹

秋の夜をよにうき時といふめれどてる月みれば物思ひもなし

擣衣　　　　　　　　　　　　　直里

おきゐつつうつやをとめのから衣ころも夜寒の秋のよなよな

虫　　　　　　　　　　　　　春枝

露霜にあれゆく草のやどりには人まつむしもこゑよわるなり

菊　　　　　　　　　　　　　三保満

露に咲霜に色そふ白菊はしらずや秋のうつるならひは

黄葉　　　　　　　　　　　　　直里

秋されば日にけに色のつくば山このもかのもや紅葉しぬらん

九月冬　三保満

物思ふ秋と思へどなれぬればさらに別れのをしきけふかな

初冬　同人

又さらに秋の名残をしのぶ哉もみぢ吹まくけさの嵐に

時雨　直里

かがみ山くもればやがてさざ波の志賀の浦間にしぐれふりきぬ

霜　三保満

嵐にはちりみだれても残りしを霜にあとなき野べの千ぐさか

霰　春枝

ふく風ははだへつらぬく心地してみだれふるなる玉あられ哉

雪　直樹

山かげはさながら花のおもかげににほふよしのの峯のしらゆき

寒芦　真船

さへさへる伊駒おろしを風さむみ難波のあしは冬がれにけり

千鳥　同人

妹がりといく田川原の風さむみ嬬まきかねて千鳥鳴らむ

氷　同人

山風もわきてや寒きよしの川はやくも氷れ水のしら浪

水鳥　同人

滝の音も絶えて氷れる山川に夜寒わびてやをしの鳴らむ

網代

四方や秋川にみてしか野火の山うつしてもゆる瀬々の網代木　三保満

神楽

よろづ代を正木のかつらくり返し神の御前にうたへばよしも　春枝

鷹狩

あし引のあらし吹まく大野らにあしをのともは狩もたゆまず　同人

炭竃

大原や炭がましるくふる雪の五百重が上に煙たつなり　三保満

煙火

更ぬるか夜のまの友とたのみしをほのかになりぬねやの埋火　直樹

歳暮　　直里

あら玉の月日ははやく手束弓いつしか春の近づく思へば

初恋　　直樹

行末はなほいかならん入かねるきのふけふだにまよふ恋かは

忍恋　　三保満

こもりぬに生るぬなはのうちはへて長くや下に恋わたりなむ

不逢恋　　春枝

ひとりぬる床は涙の海なればうきにはあれとよるかたぞなき

初逢恋　　直樹

ゆたかなるたもとなりとも恋しくてあふうれしさはつつみあへめや

別恋

から衣やつ重にまさる妹がはだわかるる朝けの風ぞ身にしむ

春枝

遇不逢恋

逢みつる一夜の夢のはかなさをなしつつつひにかれはてんとや

同人

旅恋

よひよひは家なる妹をおもひ寝にいとどつゆけき草枕かな

直里

思

ともしするはひしげ山葉をしければもゆるをあれと人はしらじな

三保満

片思

こりすまに恋る心のわりなさよつれなき闇とおもふものから

直里

恨　　三保満

へだてなき中もうらみはあるものをいとはるる身はいかにとかしる

暁　　直樹

我ばかりうらみし夜はのとりのねを今はねざめの友とこそきけ

松　　同人

我のみぞひとりふりゆく軒ばなる松はときはの色に見えつつ

竹　　春枝

ももくさの草木のつちにたぐはずてよよにつらなる竹の林は

苔　　真船

ときはなる松のみどりにあえつらむかかれる苔の色の常なる

鶴　　三保満

子や思ふつまをやおもふ浪華がたしばなく鶴のこゑのかなしも

山　　春枝

大やしま国のためにと小楯なす四方のむら山並たたしけむ

川　　同人

ゆく川の深さにつけて水上の重なる山のほどをしらるる

野　　直里

大君のみかりたたしつ玉きはるうぢの大野をこるはいよしも

関　　真船

はりまぢや須磨の関守とめずともとまりてみべき浦にやはあらぬ

楷　三保満

いまもなほかたりつたへて楷はしらくちしながらも名は朽ずあり

海道　真船

ふるさとはそなたこなたも白浪のしらぬ海道に幾夜ねぬらむ

羇旅　直里

わぎも子が衣手かれて一夜だにたびのうまやのうまいせましや

別　真船

わかれるばうらさびしけむこひ衣ひもかさねずてはやかへりませ

山家　直里

まれにだにとふ人もなき山里は岩間の水とともにこそすめ

田家　　　真船

くれ竹のかをかさねてやしづがをはささふく庵に守りあかすらむ

懐旧　　　三保満

おもひぢもなぎさこぎ出てゆく舟のいや遠ざかるむかしなりける

夢　　　春枝

うつつにもなしたき夢はさもなくて現の夢になるがかなしき

現世　　　三保満

けふありて明日あとなき白雲のかかるうき世にすむがわびしき

述懐　　　直樹

君が代はそむきもあへず数ならですむかひもなきうき身をいにけん

祝　三保満

萬代も神ぞまもらむ天地の《（天照す）》神の御国の神の御ままに

（二十五首―春枝　十九首―真船　十五首―直樹　十五首―直里　二十六首―三保満）

後記

幕末駿河歌壇史研究も六冊目となった。本書をもってひとまず区切りとしたい。

本書には、『富士乃滴集』『賤機集』『残夢集』という三冊の歌集、ならびに「浅間社中歌会稿」を収めてあるが、いずれも序文や部立を持たない、きわめて簡易な歌集となっている。しかし、それらの歌の作者は実に多士済々、幕末から明治にかけての駿河歌壇を代表する人たちばかりである。たとえば、山梨稲川・志賀・須磨・中村秋香・玄昱・戸塚種子・松木直秀といった山梨家にゆかりのある歌人たち。また、花野井有年を中心として『蔵山和歌集』に歌を寄せている人々。すなわち新庄道雄・西村謹節・三浦為賓・土屋豫翁・山中弘道・高松建胤・村岡元則・村松真船・村松春枝・森直里など。さらには、野澤昌樹・大井菅麿・小栗廣伴・小西玉暎（瑛）・服部菅雄などといった歌人たちである。まさに幕末駿河歌壇の著名歌人が総結集した感がある。

令和に生きる私たちは、かつて地元静岡で活躍した歌人たちの心に思いを馳せるとともに、文化遺産として後世に末永く、かつ正しく継承していかなければならない。そんな思いでこのシリーズを編んできた。これからは、これらの歌集が保存・継承され、深く研究されることを望んでやまない。

最後に、本書が成るにあたり、中澤伸弘氏・宮下拓三氏・繁原央氏には文字解読に御協力いただいた他、貴重なアドバイスを数多くいただき感謝にたえない。

羽衣出版の松原正明氏には六冊の素晴らしい本を造っていただき、厚く御礼申し上げたい。

令和三年九月

桜井　仁

〈編者紹介〉

桜井　仁（さくらい　ひとし）

昭和 28 年静岡市生まれ。

國學院大學文学部卒業・同専攻科修了。

常葉大学非常勤講師・利倉神社宮司。

歌誌「心の花」所属。日本歌人クラブ東海ブロック幹事。

静岡県歌人協会常任委員。静岡県文学連盟運営委員。

著書に歌集『オリオンのかげ』『夜半の水音』『アトリエの丘』『山の夕映え』『母の青空』、句集『はつ夏の子ら』『峡の風花』、共著『静岡県と作家たち』『新静岡市発生涯学習 20 年』、編著『校訂 三叟和歌集』『蔵山和歌集』『山梨志賀子短歌集成』『柳の落葉　戸塚種子歌集』『復刻版　秋香集 短歌』などがある。

現住所：〒 420-0913　静岡市葵区瀬名川 2-19-23
TEL・FAX：054-261-2090

駿河先賢詠歌集

令和三年十一月三日発行
定価　本体一八一八円＋税

編　集　桜井　仁
発行人　松原正明
発　行　羽衣出版
〒422-8034
静岡市駿河区高松3233
TEL　054-238-2061
FAX　054-237-9380

ISBN978-4-907118-67-9　C0092　¥1818E

羽衣出版の郷土資料

『復刻　静岡県史跡名勝誌』
県が大正11年に編集した史跡名勝集成。
駿遠豆の史跡名勝３６７カ所と当時の写真。
Ａ５・上製・３４８頁・５３４０円

『写真集　静岡県の絵はがき』
故郷の懐かしい風景２２００景。
明治～昭和の県下各地の風景が総登場。
Ａ４・上製・４５０頁・２９１２６円

『東海道名所図会　復刻版』
寛政９年版を原寸大で忠実に影印復刻。
宿場・古跡・名物など挿絵３００図入り。
Ｂ５・上製・９２０頁・１４２８６円

『南豆俚謡考』足立鍬太郎著
南伊豆各地の俚謡を収録して分類考察。
大正15年謄写版刷りを活字化３００部。
四六・１０８頁・１１４３円

『南豆神祇誌　復刻版』足立鍬太郎著
南伊豆各地の神社の考察と研究の書。
昭和３年発行の希覯本を３００部復刻。
四六上製・２９０頁・２３８１円

『豆州志稿　復刻版』秋山富南原著
寛政12年編纂の『豆州志稿』13巻と寛政３年の『南方海島志』２巻計15巻の影印本。
Ａ４・上製・３８８頁・１１４２９円

『駿河記絵図集成』
文政５年成立の『駿河記』付図の完全影印。
原著者桑原藤泰の白筆絵図１７９景。
Ｂ５・上製・４２８頁・１２０００円

『聖一国師年譜』石山幸喜編著
応永24年編纂・元和６年板行の原本影印・翻字・現代文、生誕から入寂までを記す。
Ｂ５・２３２頁・１９０５円

『慶喜邸を訪れた人々』前田匡一郎著
「徳川慶喜家扶日記」による慶喜の静岡での30年と慶喜邸を訪れた人々の人物像。
Ａ５・上製・３１２頁・３３３３円

『東海道人物志・賀筵雲集録　復刻版』
大須賀鬼卵・田原茂齋著
享和３年と天保初年の東海道筋の文化人人名録ともいうべき２種の稀覯本を影印復刻、合本。
Ａ５・１４０頁・３３３３円

『和歌駿河草　復刻版』志貴昌澄原著　飯塚伝太郎編
寛延2年成立、地域別に古歌を編纂した駿河名所和歌集。昭和22年出版の活字本を復刻。
Ａ５・96頁・２８５７円

『静陵画談　復刻版』石井楚江著
駿河・遠江の近世・近代郷土画人伝。半香・顕齋・茜山らを豊富な逸話で語る。明治44年刊を復刻。
Ａ５・１４４頁・３３３３円

『駿河安蘇備　影印本』永田南渓著
嘉永４年成立の未刊の駿河地誌を初出版。
諸本の考証と踏査による駿河名勝地誌。
Ｂ５・３４０頁・７４２９円

『今川一族の家系』大塚勲著
鎌倉期の初祖国氏から室町期の範政・範忠、戦国期の氏親・義元、そして氏真とその末裔まで、今川一族の事跡を古文書での考証を基に詳細に解明。
Ａ５・１４４頁・２３１５円

『校訂 三叟和歌集』桜井仁編
花野井有年ら3人の和歌集。
四季などを歌題とした１６２首を収載。
Ａ５・５４頁・１６６７円

『蔵山和歌集』桜井仁編
花野井有年ら幕末駿府の歌人31人・３２１首が収載された和歌集。
Ａ５・９６頁・２０３７円

『山梨志賀子短歌集成』桜井仁編
漢学者山梨稲川の母・江戸期の郷土歌人・志賀子の和歌６１９首を1冊に。
Ａ５・１１８頁・２２７３円

『柳の落葉　戸塚種子歌集』桜井仁編
幕末女流歌人戸塚種子の和歌３２１首を収載。種子は漢学者山梨稲川の孫で戸塚柳齋の娘。
Ａ５・８０頁・１８１８円

『復刻版　秋香集 短歌』桜井仁編
中村秋香は静岡生まれの国文学者で詩人、歌人としても知られる。合計１１５８首の短歌を収載。
Ａ５・２３２頁・２７２７円

※一部に品切れ本があります。
ご注文の際はお問い合わせください。

（価格は税別）